ウクライナの心

ウクライーンカの詩劇
スコヴォロダの寓話

中澤英彦／イ… …

目次

ウクライナ・ブックレット4

第1章　森の詩《うた》――妖精物語（レーシャ・ウクライーンカ）【中澤英彦編訳】

レーシャ・ウクライーンカとは　Леся Українка（1871～1913）

ウクライナ三大詩人の一人

本名ラルィーサ・ペトリーウナ・コーサチークヴィートカ。ウクライナを代表する詩人、作家、翻訳家、文学評論家で、タラス・シェフチェンコ、イワン・フランコと並び称されるウクライナ三大詩人の一人。

西ウクライナのヴォルィーニ県ノヴォフラード＝ヴォルィーニシキー（当時ロシア帝国）で、法律家・社会活動家の父と作家・民俗学者・女性解放運動家のオレーナ・プチルカを母に誕生。父方には政治活動家の親族、母方の親族には19世紀ウクライナを代表する作家・啓蒙家の伯父ムィハーイロ・ドラホマーノウなどがいた。父は、文学や芸術を愛し、家には文人・画家・音楽家などが出入りし、しばしば夜会やコンサートが催された。自由で進歩的、文化的な、いわば理想的な家庭環境の中で育った。

しかし、幼くしてポット病（カリエス）を患い、少女時代、才能を示した音楽の道を志すも病で断念せざるをえなかった。教育は、主に母や家庭教師から人文科学を中心にウクライナ語で受けた。習得したギリシア語、ラテン語、英語、ドイツ語、イタリア語、フランス語、ベラルーシ語、ポーランド語、ロシア語などを通して古典文学に通暁した。さらに、転地療養のためにしばしば南部のクリム、ジョージア、イタリア、エジプトなどを訪れ、その文化と歴史を肌で知った。

外国語の知識を創作活動で存分に駆使。妹のために『東洋民族の古代史』（1890年）という教科書を著し早熟ぶりを示した。病に屈することなく、ホメーロス、ハインリヒ・ハイネ、ヴィクトル・ユゴー、ジョージ・ゴードン・バイロン、アダム・ミツキェヴィチなどの作品、さらにマルクスとエンゲルスの『共産党宣言』のウクライナ語訳（１９０２年）をおこなった。

処女作は政治活動のかどでシベリア流刑になったおばへの想いを託した、８歳の頃の詩「希望」である。文壇デビューは１８８４年、リヴィウの雑誌『朝焼け（Зоря）』に二編の詩「スズラン（Конвалія）」と「サッポー（Сафо）」を発表した。このころから、母の発案で「レーシャ・ウクライーンカ」（ウクライナ女性レーシャ）の筆名を使うようになった。

初期の作品では愛読していたT・シェフチェンコの『コブザール』ばりのロマン主義的なモチーフやウクライナの独立を謳い上げた。１８９３年に『歌の翼』（１８９３年オーストリア＝ハンガリー領のリヴィウで刊行）、１８９９年に抒情的な詩集『思いと夢（Думи і мрії）』、１９０２年に『反響』などの詩集を出版。多くの進歩的な知識人と交流し、女性解放運動やウクライナ民族解放運動に関わった。

文学評論としては「ブコヴィナ地方の小ロシアの作家」（１９００年）、「近代イタリア文学における二つの傾向」、「近代ポーランド文学論」、「近代社会演劇」、「文学における理想郷」などがある。

後半生に劇作家として才能を発揮し、20以上の作品を書いた。散文による戯曲『碧い薔薇』（１８９６年）、その他『悪霊』（１９０１年）、『秋の昔話』（１９０５年）、『カタコンベ（地下墓地）にて』（１９０５年）、『カッサンドラ』（１９０７年）、『森林中』（１９０９年）、『貴族夫人』（１９１０年）、『血の野にて』（１９１０年）、『マルティアヌス弁護士』（１９１１／１９１３年?）、『岩の招客』（１９１２年）、『狂宴』（１９１３年）など詩劇（劇詩）がある。

代表作は、なんと言ってもウクライナ古来の民話・伝承などを素材に、人間界の青年と精霊界の娘の愛を描いた詩劇『森の詩』（1911年）である。ここでは、政治問題、民族問題などは影をひそめ、それを超越し、それを含みこむところの、生と死、自然と人間のかかわりという根源的な問題が扱われている。

生涯病に侵されながらも、強靭な精神力で質的量的に他を寄せ付けない創作活動を続けたウクライーンカの遺言ともいえる作品である。

その完成を見た2年後、ウクライーンカは療養地ジョージア（当時ロシア帝国）の地で42歳という若さで世を去った。ウクライーンカという肉体は滅んだのである。

しかし、『森の詩』（終章）でマフカは言っている。（肉体は滅んでも）富める者にも貧しい者にも、喜びあふれる者にも悲しみに耐えている者にも、私の心はこれからも語りかけると。そしていまも、私達皆に語りかけているのである。

はじめに

永い間神秘の帳に覆われていたウクライナ古来の心が、作家レーシャ・ウクライーンカというまたとない語り部を得て、ようやく私たちの目の前に蘇った。それが詩劇『森の詩』である。妖精と人間の恋が、作家の育ったヴォルィーニを舞台に、感銘深い言葉で描かれる。作家は母から聞いた昔話を思い出しつつ、自ら収集した民謡・伝承を存分に駆使した。

これは、ふるさとの自然をこよなく愛した作家と自然との対話の「記録」である。

この作品に、ウクライーンカは遠からぬ死を予感し、渾身の力をこめた。『森の詩』はいわばウクライーンカの創作活動の集大成、生の証しともいえる。

テーマの「人間と自然」「人間界と自然界との霊的な交流」は、素朴で、一見、月並みに思われるが、その実、根源的な問いかけであり、ヨーロッパ、世界そして日本においても今日なお「革命的な」意味を持っている。自然破壊が地球規模で進んでいる今、喫緊の課題でもある。この問題を20世紀初頭、いち早く世に問うたウクライーンカの先見性、21世紀の言語観を先取りした慧眼には驚かされる。

訳出は散文で行い、原文の行なども一部変えてある。訳文の間の＊＊＊は、主な省略箇所を示す。

あらすじ

早春、ヴォルィーニの森ではものみな目覚め、活動を開始する。ドラマは、冬の眠りから覚めた妖精マフカと農民の子ルカシュとの出会いから始まる。マフカは、森に開墾にやってきた青年ルカシュの笛の音に心惹かれ、ルカシュもまた、天衣無縫なマフカにしだいに恋心を覚えるようになる。

夏、マフカはルカシュと一緒にいたい一心で森を離れ、人里で暮らすようになる。しかし、ルカシュの母親は、人間の仕事のできないマフカを疎んじ、つらく当たる。ルカシュとマフカの間にも、しだいに行き違いが生じ始める。ルカシュの母親は、マフカの代わりに、働き者の寡婦キルィナをルカシュの嫁にと連れてくる。ルカシュとキルィナの仲睦まじい姿を目にしたマフカは、いたたまれず、森へと逃げ帰り、死霊（岩に坐す者）に身を委ねてしまう。

季節は晩秋。ルカシュへの想いを断ちがたく死霊の手を逃れたマフカは、彼の家までやってきて、キルィナに見咎められ、ネコ柳[1]の木へと変化《へんげ》する。キルィナは怖れ戦《おのの》き、ルカシュに柳を切るようせかす。ルカシュは、キルィナの連れ子が柳から作った笛から、柳がマフカであることを知り、腕がなえてしまう。業をにやしたキルィナが自ら木を切り倒そうとした刹那、マフカを想う火の精（ペレレスニク）により辺りは火炎に包まれ、柳も、家も全て焼け落ち、一家は村へ逃げ帰っていく。一方、ルカシュはマフカへの想いに取り憑かれ、キルィナの制止も振り切り、森の中へ姿を消す。

やがて冬。すべてが雪に包まれるなか、森をさまようルカシュはマフカの幻影に遭遇。乞われるままに笛を吹きながら、ルカシュは穏やかに、そして満足そうに息絶え、2人の上に雪だけが音もなくふりしきる。

【訳注1】ネコ柳は以後柳と記す。

プロローグ

昔、その上《かみ》の昔からうっそうとしげれるヴォルィーニの原生林。森の中ほどに閑地がゆったりと広がり、しだれ白樺《かんば》と古い古いミズナラ《オーク》の巨木が聳えたっている。閑地の端は草むらとアシの原に変わり、ある所では目にもあざやかな緑の湿原になる。それは森の小川が作りなした湖畔である。小川は森の奥を流れて湖にそそぎ、そののち対岸の湖尻からふたたび流れ出し、茂みに姿を消す。湖水静かな湖は、浮草とスイレンに覆われ、中ほどに清らかな水面《みなも》が広がっている。

ここは、いずこも太古のままで神秘的であるが陰鬱ではなく、優美、瞑想的な、いかにもポリーッシヤ[2]らしい美しさにあふれている。

早春である。森はずれ、閑地では最初のムラサキケマンが青々と色づき、スノードロップにセイヨウオキナグサが咲ききそっている。いまだ裸の木々もつぼみに覆われ、いまにも咲きだしそうである。湖面はときに霧に覆われ、ときに風で波立ち、ときに割れ青白い波を逆立てている。

【訳注２】ウクライナ、ロシア、ベラルーシ、ポーランドにまたがり、スラヴ諸民族の故地とされる広大な地域。ここでは東スラヴ古来の伝統や習俗がよく保たれているという。主要部はウクライナ北部、特にヴォルィーニ地方である。

＊＊＊

第１幕

【要約】舞台は同じヴォルィーニの森。春たけなわ。年老いた農夫レフ伯父と少年の面影を残す、年若い甥ルカシュが登場。閑地に家を建て、森に牛を放牧するという２人の話を聞きつけた森の精霊たちが大騒ぎ。冬の永い眠りから覚めたマフカは縦笛の調べに誘われて、白樺に近づこうとするルカシュに出会う。

マフカ　いけない、触れないで。傷つけてはだめ。命を奪わないで。

ルカシュ　一体君は何もの、娘さん。僕が強盗だとでもいうの。僕は白樺の樹液《ジュース》が欲しいだけだったのに。

マフカ　傷つけないで。あの子の血なの。あたしの妹の生き血を飲まないで。

ルカシュ　白樺を君は妹と呼ぶの。君は一体だれ？

マフカ　あたし、森の精マフカ。

ルカシュ　（さほど驚かずまじまじと見つめる）あー、君だったのか。古老から何度も君らの噂を聞いてたよ。でも、じかに会うのは初めてだ。

マフカ　会いたかったの？

ルカシュ　もちろんだよ。それにしても君はごく当たり前の人間の娘だ。いや違う。ご令嬢のようにすらりとしている。手も白く、体もほっそりしている。装いもこの世のものとは思えない……それにどうして君の瞳は緑色ではないの。（じーとみつめる）いや違う、今度は緑になった。……また変わって碧空のように碧い……あれ、あの雲のように灰色だ、いや黒かハシバミ色……。君は驚きだね。

マフカ　（笑みをうかべて）あたし、美人に見えて？

ルカシュ　（はにかみながら）知らないよ、どうして僕に分かる？
マフカ　（微笑みながら）では、いったい誰が分かるのかしら。
ルカシュ　（すっかりどぎまぎし）え、そんなこと聞いてくるの？
マフカ　（心底驚き）どうして尋ねてはいけないの。ほら、あの野生のゼニアオイが尋ねているわ。「私、美人？」って。トネリコが梢で「この世で一番」ってあの子に頷《うなず》いているわよ。
ルカシュ　僕はあれらがそんな話をしているなんて夢にも思わなかった。木は黙して語らず、それでよしと思っていた。
マフカ　ものを言わないものはあたしたちの森にはいないわ。
ルカシュ　君はずっとこうして森の中にいるの？
マフカ　あたし、生まれてこの方森から出たことはまだ一度もないの。
ルカシュ　ずっと前にこの世に生まれたの？
マフカ　ああ、あたし一度もそんなこと考えたことがない。（考え込んで）ずーと生きてきたような気がする。
ルカシュ　それにずっと今みたいだった？
マフカ　そうみたい。
ルカシュ　一体、君はどんな一族なの。君には家族もなにもいないの。
マフカ　いるわ。リソヴィク（森の精）がいるわ。あたしは「おじいちゃん」と呼び、あたしは「子どもよ」「お嬢ちゃんよ」と呼ばれるの。
ルカシュ　一体森の精って君の祖父それとも父親？

マフカ　あたし、分からない。それって皆同じじゃないの？

ルカシュ　（笑いながら）それにしてもこの森は何から何まで不思議の世界だね。ここで君の母、祖母って誰なの、それとも君たちは何と呼ぶのかな。

マフカ　あの年とった、カサカサの柳が母さんって気がする。彼女はあたしを冬籠りさせてくれ、あたしにふかふかの枯れ木屑《きくず》で柔らかい臥《ふ》し所《ど》をこさえてくれたわ。

ルカシュ　そこで君は冬を越したのか。冬の間、君はそこで何をしていたの。

マフカ　なんにも。寝ていたわ。
いったい冬に何かするものっているかしら。湖も寝ているし、森もアシも寝ているわ。柳はずっと「寝なさい、寝るのよ」と軋《きし》んで言っていたわ。
あたし、白い夢をずっと見ていたの。銀地の上で澄んだ宝石が輝き、名も知らぬ草や花が、白く煌めき一面に敷き詰められ、空からは静かなやさしい星たちがふりしきっていた。白く、くすんだものが天幕の形となり、天幕の下では白く、澄んでいた。至る所で透き通ったクリスタルのネックレスがきらきら光り輝いているの。あたし、寝ていて、胸がそれこそ自由に息をしていた。白い夢の中をバラ色の想いが軽やかに刺繍をしていた。いろいろな夢が金色に輝く青色に織りなされていた、夏とはまた一種異なる静かで穏やかな望みが。

ルカシュ　（じっと耳を傾けて）君の話し振りはなんという……。

マフカ　お気に召して？

ルカシュ　（ルカシュ、うなずく）
あなたの縦笛は最高の言葉を話すのね。あたしに一曲聞かせて、あたし、スウィングするわ。

マフカは白樺の長い枝を編み込み、そこに腰を下ろすと揺りかごのなかのように体をゆっくり揺らす。ルカシュはミズナラ《オーク》の木によりかかり、マフカから眼を離さず、6番、7番、8番のメロディーをソロで演奏する。ルカシュは春の曲を吹いている。マフカは聞きながら、8番のメロディーの声にわれ知らず小声で反応する。そしてルカシュは8番のメロディーを再びマフカの声に合わせ吹く。歌声と笛の音が相和して響く。

マフカ　なんと甘美に響くの、なんと深く白い胸を切り裂き、心をえぐるの。

春の歌の音にカッコーが、続いてナイチンゲールが唱和する。野生のゼニアオイ、白いガマズミはより情熱的に花を開き、サンザシが恥らいがちにピンク色に染まり、裸の黒いリンボクまでも優美な花を開く。マフカはうっとりと、静かに体をゆすり、微笑をたたえながら、両の眼には何かしら寂しさの色が見え、涙さえ浮かべている。ルカシュはそれに気づき吹く手を止める。

ルカシュ　ねえきみ、泣いているの。

マフカ　泣いているですって（手で眼をこする）あ、本当……ううん。これ夜露よ。見て、お日様が沈むわ……。もう湖に霧が立ち昇っている……。

ルカシュ　とんでもない。まだ早いよ。

マフカ　あなたは日が暮れてほしくないのかしら。（ルカシュ、うなずく）どうして。

ルカシュ　村に帰ろうと伯父御に呼ばれるから。[3]

マフカ　あなた、あたしと一緒にいたいの？

（ルカシュ、うなずいてそうだと示す）

マフカ　ほら、あなたもまるでトネリコみたいにお話しするのね。

ルカシュ　（笑い声をあげて）ここのやり方を見ならわなくちゃね。

ここに仮住まいしなきゃならないのだから。

マフカ　（嬉しそうに）本当？

ルカシュ　僕ら明日にも自分たちの家を建てるんだ。

マフカ　小屋を建てるの。

ルカシュ　ううん、もっとましなもの、ことによったらまともな百姓家になるかもしれない。

マフカ　あなた達、鳥みたい。あくせく働き、後で捨てるための塒《ねぐら》づくりをするのね。

ルカシュ　いいや、僕らはずっと住む家を建てるんだ。

マフカ　ずっと住むって？　言ったじゃない、ここに仮住まいするって。

ルカシュ　（ばつが悪そうに）僕にも分からないんだ。

伯父御の言うには、ここで僕に農場をあてがうんだ。秋、僕に嫁を取らせたいからって。

マフカ　（心配そうに）どんな嫁？

ルカシュ　僕には分らない。伯父御は教えてくれなかったんだ。ことによったらまだ娘さんと話がまとまっていないのかな。

【訳注3】ルカシュと伯父レフは、第三者に話す際、目上の身内には敬語の一種を用いている。

マフカ　あなたは自分でお相手を探せないの。

ルカシュ　（マフカに目を向けながら）僕は、もしかしたら、見つけた、のかな……。ただ……。

マフカ　なあに。

ルカシュ　いや、別に……。

（笛で何かとても沈んだ曲〔９番のメロディー〕を吹く、それから笛を持つ手を下すと物思いにふける）

マフカ　（しばし沈黙して）人間って一生連れ添うものなの。

ルカシュ　一生涯だよ。

マフカ　それって、まるで鳩みたい……。あたし、しょっちゅう鳩がうらやましく思えたの。それこそ睦まじく愛しあうんですもの……。あたし、こんなに睦まじいものは他にないと思う、白樺以外には。だから白樺をあたしは妹と呼ぶの。でも、白樺は本当に暗く、青白く、傾いていて物悲しく見える。それを見るとよく泣いてしまうの。ハンノキは嫌い、粗っぽいのよ。ヤマナラシはいつもどうしてか私を怯《おび》えさせながら、自分も怖がってしょっちゅうぶるぶる震えている。ミズナラ《オーク》は勿体ぶり屋、ゼニアオイはささくれ立っている、西洋サンザシもリンボクも同じよ。でもトネリコ、カエデとシカモアカエデはプライドが高い。ガマズミは美人を鼻にかけ、この世のことには全くわれ関せず。去年、あたしもそうだった気がする。でも、今はなぜかそれがたまらないの……。よくよく考えてみれば、あたしは森の中で独りぼっち……。

（悲しそうにもの思いに沈む）

ルカシュ　君の柳はどうなの。きみは母さんと呼んだろう。

マフカ　柳ですって。柳は包まれて冬を越すのにはよいわ。でもねえ夏は、本当にからからでいつもキーキー音を立て冬のことを思い出している……。ううん、あたしはやはりまったく独りぼっち。

ルカシュ　森には木だけではなく、たくさんいろいろな精がいるじゃないか。（少し意地悪く）そんなに腐さなくとも。僕らにはきみたちの舞踊会、お祭り騒ぎや色恋沙汰も聞こえてくるよ。

マフカ　それってあの突風にすぎないわ。突如吹きだし、渦巻き、そしてはいさようなら。あたし達には人間のような永遠なんてないの。

ルカシュ　（近づいて）きみはそれがほしいの。

不意にレフ伯父の大きな呼び声が聞こえる。

声　おーい、ルカシュ、おーい、おーい、どこだ、どこにいる。

ルカシュ　（呼び声に答えて）今行きます。

声　さっさと来るんじゃ。

ルカシュ　またなんて気の短い。

（呼び声に反応し）もう向かっています。すぐですよ。

（動き出す）

マフカ　また戻って来るの？

ルカシュ　分からない。

（岸の茂みの中に姿を消す）

＊＊＊

【要約】ルカシュとマフカはお互いへの想いをますます募らせ逢瀬を重ねる。マフカは言い寄ってくる火の精（ペレレスニク）を避け、逃げ出す。

ルカシュ　逃げてきたの。

マフカ　ええ。

ルカシュ　誰から。

マフカ　火の精から。

ルカシュ　で今、そいつはどこにいる。

マフカ　シー、聞こえるとまた飛んでくるわ。

（２人黙る）

ルカシュ　きみの震えようたら！　聞こえてくるよ。白樺がぶるぶる震え、葉がざわざわ音をたてている。

マフカ　（白樺から離れ）ああ、白樺に寄り掛かれない、でも１人では立ってはいられないわ。

ルカシュ　僕に寄り掛かって。僕は勁《つよ》い、君を支え、守ってあげる。

マフカはルカシュに身をあずけ、2人は向かいあう。月の光が森を照らし、閑地を浮かび上がらせ、そして白樺の下に隠れていく。森ではナイチンゲールの歌と春の夜の様々な声が響き合っている。風が吹いてはまた止む。水の精（ルサルカ）がおぼろな光の中から顔を出し密やかに若い2人をのぞき見ている。ルカシュはマフカをかき抱いて、顔を彼女のま近に近づけ、そして不意に接吻する。

マフカ　（痛むほどの幸せで叫ぶ）あー、星があたしの心に降ってきたわ。

ルサルカ　はっはっは！

ルカシュ　（笑いながら水しぶきをあげて湖に跳びこむ）

マフカ　（どきりとして）あれは、何。

ルカシュ　怖がらないで、あれはルサルカよ。あたしたちは大の親友で、あの子、あたしたちを傷つけやしないわ。あの子、我がままで人をからかうのが大好きなの。でも、あたしはへいちゃら、あたし、この世には何にも気になるものはないの。

マフカ　というと、僕のことも。

ルカシュ　ううん。あなただけがあたしにとって世界の全てなの、今まで知った誰よりも愛《いと》しく美しい。その世界は2人が1つになったことで、はるかに素晴らしいものに変わったの。

マフカ　では僕らはもう一体なんだね。

ルカシュ　聞こえない？　ナイチンゲールたちが婚礼の歌を歌っているわ。

マフカ　聞こえる……。あれらがいつものような囀《さえず》りや鳴き声でなく、歌っている「ツィルーィ、ツィルーィ、ツィルーィ（接吻、接吻、接吻しなさい）」て。

（マフカに永い、やさしい、おののくような接吻をする）
僕、きみに死ぬほど接吻するよ！

突風が突然吹き起こり、閃光が吹雪のように閑地全体を吹き荒れる。

マフカ　だめなの、あたし死ねないの、本当にくやしい……。
ルカシュ　何を言うんだ、僕は嫌だよ。僕は何てことを言ってしまったのだ。
マフカ　ううん、それってとてもよいことよ、流れ星のように死んでなくなるって。
ルカシュ　もういい。（愛撫しながら）
そんなことはもういい。話さないで。何も、いや、話して。
きみの話し方は一風変わっているけれど、何か耳にとても心地よい……。
どうして黙っているの。

＊＊＊

第2幕

季節は晩夏。林のくすんだ黒っぽい葉の上では、そこかしこに秋の彩《いろど》りが見える。湖面は小さくなり、湖畔が広がり、わずかに残るアシの葉がカサカサ音をたてている。
閑地にはすでに百姓家が建ち、菜園には野菜が育っている。２枚の畑の１つは小麦畑、もう１つはライムギ畑になっている。湖にはガチョウが泳ぎ回り、岸辺には洗濯物が干され、茂みからはツボや鉢が顔をのぞかせている。閑地の草はきれいに刈り取られ、ミズナラ《オーク》の下には干し草の山が積んである。森の中では牛の木鈴《カウベル》がカラカラ音をたて、所々で牛が草を食んでいる。ほどちかくで、何かのスピーディーな舞踊のメロディーを奏でる笛の響きが聞こえる〔11番、12番、13番のメロディー〕。

ルカシュの母　（家から出て大声で呼ぶ）ルカシュ、おーい。どこにいるのだえ。

ルカシュ　（森から笛と彫刻のある杖をもって出てくる）母さん、ここだよ、僕は。

母　笛吹きはいい加減におし、いつもピーヒャラピーヒャラで、お前ときたら仕事の方はさっぱりなんだから。

ルカシュ　仕事って何？

母　仕事って何、だって。どこの誰が牛小屋の柵作りをするのさ。

ルカシュ　はいはい、僕が作ります、いますぐに。

母　一体、そのいますぐはいつくるのさ。いつまで谷を駆けてはみ出し者、あの野良猫の尻を追いまわしている気なの。

ルカシュ　誰が追いまわしているですって。僕が牛を放牧に連れ出し、マフカは手助けをしてくれる。

母　そんな手伝いとおさらばなさい。

ルカシュ　ご自分の口でいいなすったじゃないか。マフカが世話をするほどに、乳の出がよくなるようになるって。

母　まったく、魔女の輩どもめが。

ルカシュ　母さんに満足いただけることなんて分かりゃしないよ。家を建てたとき僕らに材木を運んでくれたのはマフカだよね。それに一緒に野菜畑に植え付けをしてくれ、畑に種まきをしてくれたのは一体だれだった。

今年位収穫が上がったときはあったの。それに窓の下にマフカが花を植え付けてくれ、眺めるのが心楽しくはないの。

母　必要《いる》もんかねあんな花。うちには嫁がせる娘なんていやしないし……。

お前の頭の中は歌と花で一杯じゃないかえ。

（ルカシュはイライラして肩をすくめ去っていく）

どこへ行くんだね、お前。

ルカシュ　牛小屋の柵づくりだよ。（家の裏手に消える。しばらくして斧の音が響いてくる）

マフカ、髪に花の飾りをにぎやかにつけ、髪をなびかせながら森から出てくる。

母　（よそよそしく）何の用？

マフカ　おば様、ルカシュはどこですか。

母　どうしていつもいつもルカシュを追いまわすのさ。

娘が若者を追いまわすなんて品がよくないよ。

マフカ　あたし、誰にもそんなことを言われたことないわ。

母　一度聞いといたって邪魔にはなるまいって。（マフカをうっとうしそうに）

なんだっていつもそんなに髪が大童《アッパパ》なのさ。きちんととかさないで。

いつも魔女様だよ。だらしないったら。
それに、そのなりは何だね。そんなんじゃ作業には不向きだよ。
亡くなった娘の何かがそのへんにあるから着ておいで、そこの竿にかかっているよ。
それは長持ちに入れてお置き。

マフカ　はい、分かりました。着替えてまいります。

（家の中に入る。そこからレフ伯父が出てくる）

母　ありがとうのアの字くらい言えないもんかね。

レフ　妹よ、お前は何だってあの娘《こ》の一挙一動にこんなに難癖をつけるのだね。あの娘《こ》がお前に何か悪さでもしでかしたのか。

母　あー、兄さん、兄さんはよほどのことがないと意見をしてくれないものね。兄さんたら森の魔女連中をみな引き連れてくるところだったのよ。

レフ　筋の通る話をしたなら聞く耳ももったろうよ、じゃが「森から魔女連中を」とはな。
森のどこにそんなのがいる？　魔女が棲むのは村里だけじゃ。

母　兄さんはそっちには明るいからね。それではああいう森の連中を集めてどんな福が来るかを気長に待ちましょうかね。

レフ　もちろんさ。ああ、気長に待とう。おまえ、森のものはな害にはならない。福はみな森からやって来るのだ。

母　もちろんよ。

レフ　ああいう娘《こ》が本物の人間になるのだ、そこじゃよ、言いたいのは。

母　連中がどんな人間になるですって。酔っぱらってるんじゃない、ええ。

レフ　お前に何が分かる。亡くなった爺様は、せめて言の葉というもの知らねばならん、さすればわれらと同じ心が森に棲むものの心になるとよく言いなすったもんだ。

母　ふーん、じゃあの魔女のカップルはどこへ消えるのさ。

レフ　またそんなことを……。さて作業に戻るか、ここで無駄口をたたいているよりも。

母　戻って、戻って。誰が止めるもんですか？

（レフ、ぷんぷん頭を振りながら家の裏手に向かう）

マフカが家から着替えて出てくる。肩につぎがあたった仕立ての悪い粗地のソローチカ[4]、寸足らずのスカートをはき、色あせた亜麻の前掛けをつけている。髪は綺麗にとかし、二本のおさげ《ガバレット》（ティモシェンコ巻き）が頭に巻きつけてある。

マフカ　着替えてきました。

母　今度はなんかこう……ね。さて、あたしは鶏に餌をやってくるかね。麻畑に行きたかったんだよ。作業の途中でね。あんたにはなんか手伝えそうもないしね……。

マフカ　どうして。あたし、できることはなんだって喜んでお手伝いします。

母　おやおや、できることね。何度聞いたことか。さぞかしご立派なお手伝いさね。干し草作りをすれば、頭痛だしね……。今度は麦刈りをしなければね。

【訳注4】亜麻製で刺繍のあるブラウス様の白い民族衣裳。

マフカ　（ぎくりとして）ええっ、麦刈りですか。あたしに今日刈り取りをしてもらいたいの。

母　もちろんさね。今日は、祝日だったかね。

（入口の扉を開けて鎌を取りマフカに手渡す）

ほら鎌よ、やってごらん。手透きになったらあたしがするからね。

（穀粒のバスケットをもって家の裏手に行く。しばらくして、シーシー、トートト、ココと鶏を呼ぶ声が聞こえる）

ルカシュ、斧を手に出てきて伐採するためニレの若木に近づく。

マフカ　あなた、それに触らないで、分かるでしょ、それはまだ生きているのよ。

ルカシュ　まったく、邪魔だよ。暇がないんだ。

（マフカがうらめしそうにルカシュの顔を見る）

分かった、枯れたのを寄こして。

マフカ　（手早く森から枯れた木をどっさり引き出す）あたしまだ見つけてきてあげる。たくさん必要なの。

ルカシュ　もっとかって？　これだけあれば柵には十分だ。

マフカ　どうしてあなたはそんなに不機嫌になったの。

ルカシュ　分かるだろう、母御は君のせいでずっと苦しんでいるんだ。

マフカ　お母《かあ》さん、何が不足なの。それにお母《かあ》さんとこれ、どんな関係あるの。

ルカシュ　どんな関係って、僕、母御の息子だよ。

マフカ　ええ、息子って、だからなんだっていうの。

ルカシュ　まったく、母御にはこんな嫁は思いもよらなかったろう。母御は森の一族は虫が好かないんだ。
きみにはたまらない姑になるだろうよ。

マフカ　あたしたちの森には姑なんていないわ。何のため姑、息子の嫁なんてあるの、分からない。

ルカシュ　母御には嫁がぜひとも要るんだ。年齢《とし》も年齢《とし》だし、手助けが必要だから。四六時中他人に仕事を頼めないよ……。
お金で働くものは娘とはちがうもの。もっともきみにはこんなこと分かりっこない……。
人間のこんな気苦労は森育ちには分からない。

マフカ　（心から）ねぇあなた、きちんと私に説明して、私、理解する。あなたを愛しているんですもの……。あたし、あなたが吹いてくれた歌をみな理解したでしょう。

ルカシュ　歌なんか！　あんな手すさびなんてつまらんものさ。

マフカ　自分の心の花をさげすまないで、そこからあたし達の恋が生まれ出たのよ。
その花はシダ[5]よりも魔力をもつ。
それは宝物を発見するのではなく、新たに創り出すのだから。それを知ったとき、私には新しい心が誕生したごとし。
まさにその刹那燃え上がるがごとき奇跡が起こった……。
（不意に話を中断し）あなた笑っているの。

ルカシュ　本当、なんかおかしくなった……。きみは野良着を着てて、言いぐさは祭日の大演説だよ！

【訳注５】スラヴ神話ではシダの「花」は奇跡の力を持つと信じられていた。ゴーゴリ「イワン・クパーラの前夜」参照。

マフカ　（声をたてて笑う）
ルカシュ　（身に着けている服を引っぱり）こんなものきれいさっぱり燃やします！
マフカ　母御の怒りに油を注ぐため？
ルカシュ　ではどうすればいいの、一生懸命これを着てあなたのために変わろうとしたのに。
マフカ　分かっていたよ。でもこれからはもう小言小言になるよ……。
ルカシュ　違う、あなた。あなたを責めているんじゃない。ただ悲しいの、あなたの生活というものをあなたの心と同じように高められないのが。
マフカ　言っていることが今一つ分からない。
ルカシュ　あのね。あたしがあなたを愛しているのは、あなたはそれに気づいてはいないけれど、あなたの心の裡《うち》に秘められた何かがあればこそなの。
　あなたの心はそれを笛の声を借りて鮮明に誠実に歌い上げているわ。
マフカ　それっていったい何？
ルカシュ　それは、あなたのかけがえのない、いとしい美しさよりもっともっと麗しいもの、でも言葉ではあたしにも言い表せない……。（悲しく、いとおしそうにルカシュを見つめ、しばし沈黙する）
　あなた、ねえ、一曲吹いて頂戴、嫌な悪魔を祓ってしまいましょう。
マフカ　今は笛など吹いている場合じゃないよ。
ルカシュ　だったらあたしをぎゅっと抱きしめて、こんな話を忘れられるように。
マフカ　（あたりを見回して）シー、母御に聞こえてしまう。母御はもうそれでなくとも君を押しかけ女房呼ばわりしているんだから。

マフカ　（かっとなって）その通りよ！　人間界に育っていないものには、あなた方のことは理解できない。ねえ、この「押しかけ」って何？　あたしがあなたを愛していること？　あたしの方から告白したってこと？
広い心をもつってことは恥なの、自分の心の宝を隠さないで、愛する人にお返しを期待しない宝を捧げるってこと？
ルカシュ　後々お礼があるという期待があったんだよ。
マフカ　また不思議な、訳の分からない言葉、お礼？　あなたがあたしにくれたいものをくれる。丁度あたしが同じように惜しみなく、全てを与えるように。
ルカシュ　それはいい。誰にも、してやった、してもらった、と感じなくてもいいなんて。

＊＊＊

（家の裏手からでてくる）

母　これがお前流の麦刈りなのかえ？　柵のつくりかたかえ？

（ルカシュ、急いで材木を家の裏へ引っ張っていく）

おまえや、麦刈りがいやというなら、無理にとは言わないよ。何とかあたしが算段するから。秋になったら、役に立つ息子の嫁をみつけるからね。まめまめしい、賢い後家さんがいてね。先様の方から、どうかと人づてに尋ねてきているんだよ。ルカシュさえいやでなければと返しといたけれどね。さあ、あんた、鎌をかして、それしかないのだよ。

マフカ　あたし、刈ります。麻畑にいらしてください。

（母親は閑地を横切って湖の方に行きアシ原の中に姿を消す）

マフカは鎌を振りライムギの方に屈む。
ライムギの中から突然野の精（野のルサルカ）が姿を現す。

＊＊＊

野の精　（マフカに懇願する）姉さん、そんなひどいことしないで。
私の美貌を台無しにしないで。

マフカ　仕方がないの。

＊＊＊

【要約】マフカ、野の精の懇願を容れ、鎌でわざと自分の手を切り作業を中断。そこにルカシュの母がキルィナを連れて様子を見に来る。

キルィナ　（母親とマフカに近づき）
こんにちは、お嬢さん、はかどっているの。

母親　（手を打ち合わせて驚き、あきれ）
なんてこった、あんたはまだ手も付けてないよ。
ああ、あんた何をしていたんだね。ああなんて役立たずのぐうたら。

マフカ　（もごもご）あたし、手を切ってしまったんです。

＊＊＊

【要約】ルカシュの心が自分からしだいに離れ、陰に陽にマフカをかばってくれたレフ伯父もなくなり、遺言でミズナラ《オーク》の根元に埋葬される。マフカは孤立し、いよいよ追い詰められていく。

第3幕

朔風吹きすさぶ秋の曇りの夜。最後の黄色い月明かりが乱れ立つ裸の木々のこずえに消えると、うめくようなワシミミズクの声、高笑いに似たフクロウの鳴き声、不気味なウズラの声が聞こえてくる。突然、鳴き声はすっかり狼のもの悲しい遠吠えにかき消される。遠吠えはますます強く鳴りわたり、ふいに途切れ、後には静寂が訪れる。

晩秋のどんよりとした朝が始まるのだ。丸坊主の森が灰色の空に黒い毛筋のようにぼうと浮かび出る。その下の森のはずれを髪をふり乱した霊が動き回っている。ルカシュの家の壁が白々と浮かびあがると、その一方の柱にもたれ、疲れ果てた黒い人影がかすんで見えてくる。それは、かろうじてマフカと認められる。彼女は黒い服、灰色のくすんだベールを身にまとっている。胸の小さなガマズミのつぼみだけが赤い彩りを添えている。

夜が明けるにつれて閑地では大きな切り株が浮かび上がる。そこはかつて数百年を経たミズナラ《オーク》が生えていたところである。ほど近くに芝生が芽吹きだしたばかりの土饅頭が見える。

森から灰色の農民服とオオカミの毛皮の帽子をつけた火の精（ペレレスニク）が出てくる。

＊＊＊

【要約】結婚後キルィナの態度が豹変し、ルカシュの心にはマフカへの想いがよみがえり、知らず知らずの裡《うち》にマフカを追い求め、森をさまよい始める。

キルィナの連れ子の男の子（何の気なしに）どうしてお父さんって笛を吹かないの。

ルカシュ　（物思いに沈んで）ああ？　吹こうか。

14番のメロディーを初め静かに、次第に大きな音で吹き始める。演奏が、かつてマフカに聞かせた春の歌8番のメロディーに変わるや、笛の音が人間の言葉に変わり、語り始める。

「なんと甘美に響くの、なんと深く白い胸を切り裂き、心をえぐるの」

ルカシュ　（手から縦笛を放りだし）なんと。これはどうした笛なのだ。魔術、妖術だ。

男の子はこの叫び声に胆をつぶして家に逃げ込んだ。

キルィナ　（キルィナの肩をつかんで）言うんだ、この魔術師め、これはどこの柳だ。

手をどけてよ。知るわけないでしょう。

あたしゃあんたの一族のように森の輩《やから》なんかと関係ないわよ。なんならそれを伐《き》りなさいよ。

あたしが邪魔するとでもおもってんの。ほら、手斧よ。

（入口の間から斧を取ってきてルカシュに渡す）

（ルカシュは斧を受け取ると柳の所まで行き、一振り幹に打ち下ろした。柳は身を縮め、枯れ葉を震わせて何かを小声で叫ぶ。ルカシュはもう一振り振りかぶり、力なく両肩を落とした）

ルカシュ　だめだ、腕が上がらない、だめだ。何ものかに胸が締め付けられる。

キルィナ　ほら私に貸しなさいよ、さあ。

（キルィナはルカシュから斧をもぎ取ると柳めがけて大きく腕を振りかぶる）

その瞬間、空から火の精（ペレレスニク）が火竜となって飛来して柳を抱きかかえる。

火の精
（ペレレスニク）　わしがお前を救ってしんぜよう。私の愛するお前。

柳はぱっと火に包まれる。火の手は、柳の枝のてっぺんに届くと農家に燃え移り、わら庇が燃えあがり、農家は一瞬のうちに火に包まれる。

ルカシュの母、キルィナとその子どもらが家から叫びながら逃げ出す。

「火だ、火が出た、誰か助けてくれ、わー火事だ」

母とキルィナはうろたえながらも、つかめる限りの物を火の中からつかみ出し、包みや袋に詰め込む。

子どもらは駆け回り、木桶で水を汲んでは火にかけるが、火はますます燃え盛る。

母
（ルカシュに）　何をぼけっと突っ立ってんの。家財を運び出すのよ。

ルカシュ
（目を向けると、隅木《すみぎ》が花のように渦巻く業火に包まれている）
家財?　あれはきっと罪禍も燃やしてしまうぞ。

隅木《すみぎ》はバリバリ音を立て動き出し、火柱が天を突き、天井が崩れ落ちて、家が丸ごと大きな溶鉱炉と化していく。

どんよりした白雲が空に湧き上がり雪が降り始める。

すぐに白い雪溜まりの山のため誰一人見えなくなる。紅蓮の炎が残り火の存在を示している。まもなく紅蓮の炎が消え、雪が小降りになると黒い焼け跡が浮かびあがる。それは煙をあげシュシューと音を立てている。ルカシュの母親とキルィナの子どもたち、それに家財の袋はもう見当たらない。

雪を通して燃え残りの山、馬車と幾つかの農具がぼうとかすんで見える。

キルィナ　(最後の包みを抱え、ルカシュの袖をひっぱる)ルカシュ、止まって！　ぼけっと突っ立っているんじゃない。包みを運ぶのを手伝ってくれてもいいんじゃないの。

ルカシュ　お前は貧乏神まですっかりもちだせたじゃないか。

キルィナ　何て言い草よ、言うにもほどがある。

ルカシュ　(かすかな妙な笑い声を立て)女房《おまえ》よ。僕はお前の目に見えないものが見えるのだ。前と違って賢くなって……。

キルィナ　(怯えて)ねえあんた。何だってそんなことをいうのさ。怖いよ。

ルカシュ　何を怖がるのか。愚か者を怖がらず、賢い者が怖いのか。

キルィナ　ねえ、あんた、村に帰ろうよ。

ルカシュ　僕は帰らない。森から離れるつもりはない。森に残るんだ。

キルィナ　だって、あんたここで何をしていくつもり。

ルカシュ　僕たちいつも何かしなければならないのか。

キルィナ　じゃあ、あたしたちどうして生きて行くのさ。

ルカシュ　生きなきゃならないのか。

キルィナ　まったく。お前さんすっかりおかしくなってしまったのかえ。大変なことになっちまったものね。村に帰ろうよ、魔術師を呼んでお祓いをしてもらわなきゃね。（ルカシュの袖をひく）

ルカシュ　（かすかな嘲りの色を浮かべて彼女を見る）じゃ、誰があの焼け跡の番をするのだ。（馬車と農具を指さす）

キルィナ　あー、そう、そうだね、まだ後片づけが済んでいないんだ。火事で焼けたと沙汰があれば村の衆が駆けつけてくるよ。ルカシュ、じゃあここに残ってね。あたしゃ、その辺へ一走りして馬を頼んでくる。うちのは馬小屋で丸焼けだし。荷車につけて、あんたの親戚の誰かに頼めば身を寄せられるかもしれない。あー、大変。我が身の事は自分で何とかしなければ。

こう言いながらもう村に向かって駆け出していた。ルカシュは静かに微笑み、キルィナを見送った。すぐに彼女の姿は見えなくなった。

森の方から長く白いソローチカと昔風の白い頭飾りを身に着けた、背の高い女性の姿が近づいてくる。女性はまるで風で倒れそうにふらふらし、時々立ち止まっては何かを探すかように低く身を屈める。近づいてきて、焼け跡近くのクロイチゴの茂みの傍らで止まると、腰をのばす。するとルカシュ同様に焦燥したその顔が現れる。

ルカシュ　君はだれ。ここで何をしているの。

女性の姿　私はあなたの迷える定め。私は浅はかな気の迷いで迷宮に送られてしまった。今、林の闇のように地を這い、過ぎし日の楽園への道を探している。ああ、もうその道は白い雪の下に埋もれ、ああ、私は永久《とわ》にさ迷よえるもの。

ルカシュ　僕の定めよ。せめてクロイチゴ一本なりと切り取り、雪に小道一筋でも切り拓いておくれ。

定め　昔、春にこの林を歩き、道しるべに奇跡《ディヴォツヴィト》の花を植えて置いたの。あなたはその花を平気でふみつぶしてしまったわ。どこもかしこもリンボクの藪、道しるべなぞありはしない。

ルカシュ　探し出すのだ、定めよ。両腕で小さな谷でも雪をかき分け、雪の下に奇跡《ディヴォツヴィト》の花のツル一本でもないかと。

定め　腕はもう凍え、指の先さえ動かせない……。ああ、もう涙が出る。感じ、見える、この身は滅ぶと。
（うめき声をだし、動く）

ルカシュ　（定めに両手を差し伸べ）教えておくれ、定めを失ってどう生きながらえたらよいのか。

定め　（ルカシュの足元の地面を指さし）切り取られ地面にころがる小枝のようにによ。
（ふらふら揺れながら去って行き、雪の中に消える）

ルカシュは定めの指さした場所に身をかがめ、ころがっている柳の笛を目にして手にとると、雪の閑地を白樺の所へ向かう。雪をかぶった灰色の長い枝の下に腰を下ろし、幼な児のような笑みを時おり浮かべて笛を手の中で回す。

軽やかで白く透き通った、マフカを思わせる顔つきの姿が、白樺の背後から現れルカシュに身を傾ける。

マフカの姿　お願い、お願い一曲演奏して、あたしの心に声を与えて。

あたしに残っているのはそれだけなの。

ルカシュ　きみなのか。きみは吸血鬼になって、僕の生き血を吸いにやって来たのか。さあ吸って、飲み干して。（胸をはだける）

僕の血で生き返っておくれ。お願いだ、僕がきみを破滅させたのだから……。

マフカ　ううん、違うの、あなた。あなたはわたしに魂を与えてくれたの。鋭いナイフがもの言わぬ柳の小枝に声を与えたように。

ルカシュ　僕がきみに魂を与えたって？　でも、きみの肉体《からだ》を破滅させたんだ。

きみは今は影、幽霊なんだ。（言いようのない悲しみでマフカを見やる）

マフカ　肉体《からだ》のことで苦しまないで。それは陰りなき炎となって燃え、素敵なワインのように澄み、焼けつく火花となって、自由に大空に翔んで行ったわ。

軽やかな灰は降り敷いて生まれた土に帰り、そこで水とともに柳を育てる。

そのときわたしの終わりが、新しい始まりになる。

人びとが、貧しい者も富める者も、楽しい人も悲しい人もやってきて、喜びと悲しみをわたしのもとに届けてくれる。わたしの魂は皆にこれから語りかけるの。わたしは柳の枝の静かなそよぎで皆に応える、縦笛の静かな優しい声で、わたしの枝の物悲しい滴で。

わたしはそのとき、皆に歌って聞かせる。あなたが昔私に歌ってくれたものすべてを。林の中で夢を紡ぎながら、早春奏でてくれたように……。

ねえあなた、吹いてよ、お願いだから。


ルカシュは演奏を始める。初め演奏（15番と16番のメロディー）は朔風のように物悲しく、失われたものへの深い哀悼のように哀れであるが、すぐに恋の勝利の歌（10番のメロディー、ただし、第1幕よりも大きく情熱的に響く）が悲しみを包み込む。曲につれて周囲の冬景色も変わる。白樺は巻き毛の葉でさらさらと音を立て、花咲く林に春の音が響き、どんよりした冬の日は春の清かな月夜にかわる。マフカは星の冠をかぶって突然かつての美しさに光り輝く。ルカシュは幸せの叫び声をあげて彼女に飛びついて行く。

風が木々から白い花を吹き払う。花ははらはらと散り、愛し愛される二人をつつみ隠し、何も見えない吹雪となっていく。風がやや収まると冬の景色が再び浮かびあがり、木々の枝に重くのしかかる雪の庇《ひさし》があらわれる。ルカシュは白樺に身をもたせ一人腰を下ろしている。両の手にはあの笛を持ち、眼は閉じられ、口もとには幸せの微笑みが浮かんでいた。彼は身じろぎもしないで座っている。雪は彼の頭に笠のように降り積もり、全身をすっぽり覆った。雪はしんしんとふっている、小止みもなくふっている……。

１９１１年

本訳は、次の2を参考に1を訳したものである。

1. Українка Леся.Твори в четирьох томах.– К.:Дніпро,1982. –Т.3/4. –С.79-186.
2. Українське слово: Хрестоматія української літератури та літературної критики ХХ століття .– К.:Аконіт,2001. –Т.1/4. – С.169-190.

後　記

『森の詩』（抄訳）は、管見の限り本邦初の翻訳である。『森の詩』が、抄訳でなく完訳を迎える日が遠からず訪れることを切願している。

どのような些細なことであれ、お気づきの点を連絡戴ければ幸いである。連絡先 nakazawa@tufs.ac.jp

謝　辞

翻訳に際し格別なご厚誼を賜った駐日ウクライナ大使館２等書記官ヴィオレッタ・ウドヴィク博士、ドニエプル出版小野元裕社長に深甚なる謝意を表したい。

質問に懇切丁寧にお答えくださった東洋言語文化学院学院長スヴィトラーナ・タムコーヴァ先生、資料・情報提供を快諾くださった原真咲氏、柳澤秀一氏、ご研究を参照させていただいた東條茜氏に記して感謝の意を表したい。

『森の詩 ── 妖精物語』の挿し絵

第2章　スコヴォロダの寓話【インナ・ガジェンコ編訳】

スコヴォロダとは　Григорій Сковорода（1722〜1794）

哲学者、作家、詩人、音楽家、教師、科学者、言語学者

２０２２年12月３日に、フルィホーリイ・スコヴォロダの生誕３００周年を迎えます。哲学者、作家、詩人、音楽家、教師、科学者、言語学者であり、これはすべて、フルィホーリイ・スコヴォロダを紹介する肩書きです。複数の言語を話せ、非常に広い視野を持っている人としてよく知られています。ウクライナ人にとても尊敬されていて、ウクライナ文学の成り立ちに重要な人物です。

彼が書いた作品の中で取り上げた話題は、現代の私たちにもトピックになります。フルィホーリイ・スコヴォロダは、自由、平等、幸せなどになる方法について、何百年経っても、重要性を失うことがありません。新しいことを勉強し続けることにより常に自分自身を向上させながら、知識を多くの人に伝えました。ウクライナだけではなく世界を旅しながら、フルィホーリイ・スコヴォロダは習慣、芸術、他の人の信念に興味を持ち、作品に染み込ませました。

旅する哲学者と作家の人生

１７２２年12月３日にフルィホーリイ・スコヴォロダはコサックの家に生まれました。信心深くて、正直さと思いやりを大切にする家庭環境は彼に大きな影響を与えていて、幼い頃からいろいろなことに興味を示し、民族楽器を演奏することが上手で、上手に曲を作曲し、歌いました。勉強が得意で、キエフ・アカデミーに入学します。

１７３４年から１７５３年までキエフ・アカデミーに在籍しており、１７４２年から１７４４年まではサンクトペテルブルクのロシア皇帝合唱団に招待されたため休学していましたが、２年後にキエフ・アカデミーに戻り勉強を続けました。

１７５０年に、旅をしながら世界を学ぶことを決心しました。３年間で、ハンガリー、スロバキア、ポーランドを旅行し、ヨーロッパの大学で講義を聞き、哲学について学びました。多くの言語を話すことができたので、議論にも積極的に参加しました。

１７５３年にウクライナに戻ると、彼の活発な教育活動の最初の期間が始まりました。フルィホーリイ・スコヴォロダはペレヤースラウの神学校で教師になり、そこで詩学のコースを教えました。革新的な考え方を進める教師として授業を行いましたが、大学の上司が不満に思い、解雇されました。

１７５４年から１７５９年まで、家庭教師としてペレヤースラウ地方の地主の家に勤めました。そのときに、詩集『神秘な歌の庭』を編集しました。

１７５９年から１７６９年までハルキウ・カレッジで教師になりました。ここでは、教育活動とともに、作品を書き続けていました。彼は詩と寓話を書いています。しかし、批判によって職を失いました。

その後は、人生の新しい時代が訪れました。教壇に立って教えることができなくなって、１７６９年から旅する哲学者と作家の人生を始めました。ウクライナを旅し、寓話集『ハルキウの物語』を作成しました。スコヴォロダは、科学論文を始め、詩や譬《たと》え話など、さまざまなジャンルで作品を書いていました。

スコヴォロダの作品のなかで特に注目されるのは寓話です。

スコヴォロダの寓話は、寓話と結論という2つの形式によって特徴付けられます。寓話で使われる言葉は他のジャンルの作品より単純で、口語に近いです。

1794年11月9日、ハルキウ州のパン・イヴァニウカ村で他界しました。スコヴォロダの墓石には、「現世が私を捕らえようとしたが、捕らえることはできなかった」と遺されています。

スコヴォロダの作品は愛されていて、知恵の源となります。

«Ворона і Чиж»

カラスとマヒワ

カエルがいる池の近くで、マヒワが枝の上に座って鳴いていました。近くにいったカラスも「カーカー」と声を出しました。マヒワが鳴きやまないことに気づいて、カラスは言いました。

「カエル、何をしに来たの？」

「どうして、私のことを『カエル』と呼びますか？」マヒワはカラスに聞きました。

「ほら、あそこにいるカエルと全く同じ緑色をしているから」とカラスは答えました。

マヒワは叫びました。「おお！　もし、私がカエルだとしたら、あなたの性格は「アマガエル」そっくりですね。あなたの鳴き声はまるでカエルの鳴き声のようです」


《結論》外見ではなく、内面と行動によって、どのような人か分かります。「木はその実によって知られています」。

«Змія і Буфон»

蛇とカエル

春に脱皮した蛇にカエルは会いました。

「お嬢さん、若返りに驚きましたよ。その秘密を教えてください」

カエルはびっくりした声で言いました。

「喜んで教えますよ。私についてきてください」と蛇は言いました。

蛇は、古い皮を脱いで頑張って入った狭い隙間があるところまで、カエルを連れて行きました。

「カエルさん、ここです。どうぞ、この狭い隙間を通ってください。通ったとたんに生まれ変わって、いらないものはこっち側に残ります」と蛇は言いました。

「何を言っているんですか？　私を絞め殺そうと考えているんですか？」とカエルは叫びました。

「もし、なんとかこの隙間に入ることができたとしても、全身の皮を脱ぐことになってしまいますよ」

「怒らないでください！　しかし、それ以外の方法はありません」と蛇は言いました。


《結論》より良い結果を得るためには、まるで深い堀を掘るくらいに多大なる努力が必要です。何事にも力を注がないと、いい結果には繋がらないでしょう。

«Орел і Сорока»

ワシとカササギ

カササギはワシに言いました。

「つむじ風のように、毎日毎日大空を飛ぶのは飽きませんか？　螺旋階段を登るように、上へ飛んだり、下に降りたりしていますね」

「地面には降りたくないですが、体が言うことを聞かないので降りなきゃいけないです」とワシが言いました。

「もし私がワシだったとしても、都市から離れたくないです」とカササギが言いました。

「もし私がカササギでしたら、都市に住むしかないですね」

《結論》何にも縛られない環境でずっと過ごしている人は、都市より畑、森、野原に住んでいることが多いです。

犬とオオカミ

羊飼いのティティルさんはとても仲良しの2匹の犬、レブコン君とテレダム君を飼っていました。野生動物や家畜の動物は、誰でもこの2匹のことをよく知っていました。オオカミも彼らのことについて知っていて、いい機会があれば、友達になろうと考えました。

「いつもお世話になっております。どうぞよろしくお願いいたします」とうわべだけで礼儀正しくオオカミが言いました。

「もしよろしければ、私を3匹目のお友達にしていただければ、とても幸いと存じます」

それから自分の優秀でお金持ちの先祖について、両親のおかげで学んできた教養について彼らに長く話をしました。

「自慢話があまりよくないと思われるのでしたら、私にはとても良い長所がありますので、それを聞いてもらえれば、もっともっと私のことを好きになると思いますよ」と加えました。

「私の外見はあなた方と似ていて、声と毛がテレダム君に似ています。『類は友を呼ぶ』という諺がありますね。ただ、私の尻尾はキツネの尻尾みたいで、目がオオカミの目ということだけは、隠すことができません」とオオカミは言いました。

「僕はティティルさんと全然似てませんが、親友です。また、テレダム君がいないと仕事をしようと思いません」というふうにレブコン君が答えました。

そして、テレダム君は次のように言いました。

「あなたは、声と毛は我々に似ていますが、心が離れています。我々は羊を見守って、羊毛と羊

«Собаки і Вовк»

«Годинникові коліщата»

のミルクだけで充分で、ありがたく思っていますが、あなたたちは羊の皮を剥き、パンの代わりに食べています。それに加えて、最も嫌いなのは、あなたの心を表したような狡猾な表情と近くにいる子羊をこっそり見ている目です」

《結論》人種、お金、階級、親族、外見と知識で、友情をつなぐことはできません。同じ考え方、心の正直さが通じ合えば、それは本当の愛となり、それぞれの心が一つになります。

時計の歯車

ある時計の歯車は近くの歯車に尋ねました。
「なんで君は我々と違って、逆回転しているの？」
「ご主人さまが私をそういうふうに作ったからだよ。逆回転になっても、他の歯車の邪魔にはならないよ。さらに、太陽の周りを一周する時刻に合わせるように作られているので、役に立つよ」

《結論》それぞれの資質はそれぞれの道で発揮されます。大切なのは誠実さ、平和、そして愛です。

«Собаки»

犬

ある村に住む男の人は2匹の犬を飼っていました。あるとき、とある人が家の門前を通過したときの出来事です。

バカな犬が道路へ飛び出し、その人の姿が見えなくなるまでずっと吠えました。その後、庭に戻りました。

「一体、何をやってるの?」と賢い犬が聞きました。

「まあ、退屈を紛らわすためだよ」とバカな犬が答えました。

「でも、すべての人が必ずしも飼い主さんの敵であるわけがないよ。もし本当にそうだとしたら、昨夜僕はオオカミに足を噛まれていたよ。犬でいることはいいことだと思うけど、みんなに理由なく吠えるのはよくないんじゃない?」と賢い犬が言いました。

《結論》賢い人は善悪の区別ができますが、馬鹿な人は区別ができずくだらない話が止まりません。

«Сова і Дрізд»

フクロウとツグミ

フクロウを見た途端に、鳥たちは大騒ぎを始めました。

それを見ていたツグミがフクロウに言いました。

「あの反応は悲しいですね。特に何も理由がないのに、あなたは悪口を言われています。おかしくないですか？」

フクロウは答えました。

「いいえ、少しもおかしくないです。彼ら同士でも同じことをよくしていますからね。私はそれぐらい、我慢できます。カササギやカラス、ミヤマガラスは意地悪なことをしますが、ワシやオオミミズクはそんなことはしません」


《結論》千人の愚者に悪口を言われても、一人の賢者に尊敬されるのであれば、その方が価値があります。

2羽の鶏

野生の鶏が家畜の鶏のところにやってきました。

「お姉さま、森の中での暮らしはどうですか?」と家畜の鶏が聞きました。

「森の他の鳥と変わりません。野生のハトの群れにお恵みを下さるように、神様は私にもご飯を与えてくれます」と野生の鶏が答えました。

「でも、彼らはうまく飛べるんですよね?」と家畜の鶏が言いました。

「その通りです。でも、私も彼らと同じように空を飛びますよ。神様が下さった羽に満足しています」と野生の鶏が言いました。

「お姉さま、それはもう信じられません。私はあそこの蔵までしか飛べないからです」と家畜の鶏が言いました。

「それは否定しないですよ。しかし、あなたは幼い頃から庭で砂浴びしかしていませんでした。私は飛ぶ力をつけるために毎日練習をしていたということを忘れないでほしいですね」

《結論》多くの人は、自分にできないことがあると他の人もできないと信じこみます。怠けてしまい、歩くことができなくなった人も少なくないです。そのことから、実践は才能がないと意味がない、才能も努力なしには無駄になるということが言えます。

実践することに慣れていないなら、なんのためにその方法を覚えているのでしょう。習うことは難しくないですが、慣れるまでには努力が必要です。

«Дві курки»

学ぶことと慣れは同じようなものです。知識の中ではなく、行動の中に存在します。行動なしの知識は意味のないものであり、才能なしの行動も同様です。

それが知識と学ぶこととの違いです。

«Жайворонки»

ヒバリ

昔々、カメがワシから飛び方を学んでいたちょうどその頃の話です。飛び方を学んでいたカメの中の1匹が大きな音をさせて地面に落ちてきたところの近くに、若いヒバリが座っていました。その若いヒバリは恐怖に震えながら父親のところに行きました。

「お父さん、あそこの山の近くからワシというとても恐ろしくて強い鳥が降りてきたんじゃないかなと思います」

「どうしてそう思うんだい」

「お父さん、彼が地面に着地したときの凄いスピードは生まれて初めて見たし、騒々しさは生まれて初めて聞きました」

ヒバリのお父さんが言いました。

「私の愛する息子よ、覚えておいて、これから私が歌う歌を」

ワシの一番の才能は飛ぶことではなく、静かに地面に着くことだ。

《結論》才能がないのに難しいことを始めても、いい結果にならないことがあります。良いきっかけと良い結果は、すべての出来事の成功のもとです。

«Лев і Мавпи»

ライオンと猿

ライオンが寝ているときの姿勢は仰向けで、まるで死んだように見えます。そういうわけで、ライオンが死んだと思って、猿の群れが近づいて来て、動物の王さまへの恐怖と尊敬を忘れて、ジャンプしたり、からかったりしてしまいました。起きる時間が来て、ライオンは体を動かしました。そのとき、ライオンがいるところまで同じ道で来た猿達でしたが、７つの方向に散らばって逃げ出しました。少し落ちついた後、彼らの中で一番偉い猿が言いました。

「私たちの先祖はライオンのことを嫌っていましたが、やっぱりライオンは今もライオンであり、そして永遠にライオンはライオンです」

《結論》聖書においてライオンは、悪口や不平を言われるシンボルです。愚か者は、聖書は大昔の存在と思い過去の遺物のように話しますが、その表現の中に永遠のテーマが隠されていることを理解していません。

«Орел і Черепаха»

ワシとカメ

水面にお辞儀するように垂れ下がる樫の木の枝にワシが座っていました。近くにいたカメが仲間に次のように説教しました。

「飛ぶことについては絶対に聞きたくないです。言い伝えによると、私の亡くなったひいおばあちゃんは、ワシから飛ぶことについて学び始めたので、永遠にいなくなってしまったそうです」

ワシはカメの話に割って入ってきました。

「そこのおばかさん、よく私の言うことを聞いてくれ。亡くなった理由は飛ぶことを勉強し始めたからではなく、飛ぶことの才能がないのに、やり始めただからだ。飛ぶことが違うことより悪いというわけではないです」

《結論》虚栄心と遊び心により、多くの人は自分に向いていない行動に引き込まれてしまいます。才能と行動の差が大きければ大きいほど、良くない結果に繋がります。

«Чиж і Щиглик»

マヒワとゴシキヒワ

マヒワがカゴから逃げ出して自由になったとき、昔からの友達のゴシキヒワに会いました。そのとき、ゴシキヒワに聞かれました。

「どうやって逃げ出したの？　教えてください」

カゴに閉じ込められていたマヒワは答えました。

「本当に奇跡でした。お金持ちのトルコ人とその執事が私のいた町に来たのです。散歩をしていると市場に興味があったらしく、ぶら下がるカゴの中に我々400羽が閉じ込められている鳥コーナーを覗きました。長時間互いに歌い合っている我々を可哀そうに思って、我々の持ち主に聞きました。

『すべて買うといくらかかりますか？』

『25カルボーヴァネツィで売ります』と答えました。

トルコ人は一言も言わずにお金を支払い、カゴを一個ずつ渡すように言い、その後、我々を一羽ずつ外に放してくれました。そして、我々が自由に飛んでいる姿を見て喜んでいました」

「どうしてカゴの中の生活になったの？」とゴシキヒワは聞きました。幸運なマヒワは答えました。

「甘いご飯と綺麗なカゴが原因でした。これからずっと神様にお礼を言いながらこの歌を歌います」

砂糖をもらっても不幸になるくらいだったら、カチカチになったパンとお水だけでもいいです。

《結論》面倒なことが嫌いな人は貧しい生活をせざるを得ないのです。

«Верблюд і Олень»

ラクダと鹿

アフリカの鹿はよくヘビを食べます。あるとき、ヘビを食べたことでお腹がいっぱいになり、また、お腹の中の焼けるような毒で我慢ができないほど喉が渇いてしまったので、鳥より速く泉のある高い山の方に急いでいました。そのとき、小川で泥水を飲んでいたラクダを見つけました。

「立派な角の鹿さん、そんなに急いでどこへ行きますか？　この小川からお水を飲んではいかがですか」とラクダは声を掛けました。鹿は泥水を喜んで飲むことはできないと答えました。

「あなたたちは神経質で思慮深いですよね。私はわざと水を泥だらけにします。私にとって、泥だらけの水はより甘いのです」

「そうかもしれませんが、私は小川から一番澄んだ水を飲むために生まれました。この小川は自分を源泉まで連れていってくれます。それでは、お元気で、こぶのラクダさん」

《結論》聖書は泉です。その中で書かれている人の物語と名前は沼と泥です。この噴水の流れは永遠に水を鼻孔から放出するクジラのようなものです。

ラクダのような人は泥のような言葉を吸い込み、源泉のところまで目指しません。対して鹿は澄んだお水があるところまで走ります。

言葉、名前、サイン、道、足跡、足、ひづめ、用語というのは、不死の泉につながる一時的な門です。言葉を肉体と精神の部分に分けない人は、水、天国の美しさと露を区別することができません。

«Два коти»

2匹の猫

ある猫は養蜂場からの帰りに、昔からの友達が住んでいる村を立ち寄ると、そこには豪華なご馳走が待っていました。夕食のとき、この贅沢さにとてもびっくりしました。

友達である家の猫は、「神様は私に仕事を与えました。その仕事のおかげで、毎日約20匹の高級なネズミを取ることができます。はっきり言うと、この村では私は『偉大な猫さま』と呼ばれています」と説明しました。

「そうなんですね。それで、私もあなたに会いに来ました。あなたが幸せに暮らしているかどうか尋ねると同時に、ネズミ狩りも楽しみたかったのです。このあたりには良さそうなネズミが出ると噂を聞きました」とお客の猫は答えました。

夕食を食べ終わってから、彼らは寝ました。しかし、家の猫は寝ているときに叫び出し、お客の猫を起こしてしまいました。

「悪い夢でも見ましたか？」

「はぁ、底なし沼の真ん中で沈んでいく夢を見ました」

「へえ、私はネズミ狩りを楽しんでいました。本物のシベリアのネズミを捕まえた夢を見ましたよ」

お客の猫は再び寝て、次の日スッキリ目覚めました。一方、家の猫は激しくため息をつきました。

「『偉大な猫さま』、よく眠れましたか？」

「全然です。あの夢の後はもう眠れませんでした」

「どうしてですか？」

「私は一度起きたら、二度寝ができなくなる性格ですから」

「その理由はなんでしょうか？」

「さあ、一つの秘密がありまして……。あなたは知らないかもしれませんが、私はこの村に住んでいる猫のみんなのために漁師になることを志願しました。ただ、ボートや、網、水を思い出すと、とても怖くて……」

「なぜ釣りの仕事の担当者になることに合意したのですか？」

「それはですね、この世の中には食べ物がないと住めないからです。特に私自身も魚が大好きなんですよ」

それを聞いて、お客の猫は首を横に振りました。

「あなたは『神様』と言うときに、その言葉にどんな意味を込めているか私は分かりません。今、自分で自分に文句を言っているけれども、自分の生まれつきの才能に従って生活すれば、1日に1匹の魚でも喜ぶと思います。それでは、さよなら！　私は貧しさの方がいいです」

と言って、彼は自分が住んでいた森に戻りました。


《**結論**》そこから、次の諺が生まれました。「猫は魚が好きですが、水は恐れています」。

«Жаби»

カエル

池が干上がってしまったとき、カエルは跳ねながら新しい住まいを探していました。

「わあ、立派な池だ。これから我々の家になる」とみんなで叫び、池の中に飛び込んでいきました。

「私は池に繋がっている1つの泉に住むことに決めました。そこには日陰にある丘からたくさんの小川が流れてくるのが遠くから見えます。あそこで私にいい泉を見つけたいと期待しています」

「叔母さん、どうしてですか？」と若いカエルは聞きました。

「小川の流れは反対方向に流れていく可能性があり、この池も干上がる可能性があります。泉は水たまりよりも信頼できます」


《結論》どんな財産でも池のように干上がる可能性があります。対して、実直な仕事をすると、生活は豊かにならないかもしれませんが、ずっと安心ができる源になります。毎日、たくさんの人がお金持ちから転落して貧乏人になります！　この船の事故のようななかで、仕事は唯一の港になります。最も貧しい奴隷は非常に豊かな生活を送っていた祖先から生まれています。

プラトンは言いました。「すべての王は奴隷であり、すべての奴隷は王の祖先です」。これは、すべての管理者である時間が、富を破壊したときに起こります。そして忘れてはならないことは、すべての知識の基は、信仰の法則と神への畏怖に従って、きちんとした人生を送ることを学ぶことです。これは、法律を生み出す基礎と源です。それは祝福された家の建設の礎石です。この礎石が硬いと、いろいろな立場の仕事や学びに役に立ちます。それらにより社会が幸せになります。

カッコウとクロウタドリ

カッコウはクロウタドリがいるところに飛んできました。

「退屈じゃないですか？　何をしていますか？」とカッコウは聞きました。

「歌っています。見てください」とクロウタドリは答えました。

カッコウは言いました。

「でも、私はあなたよりずっとたくさん歌っていますが、退屈です」

クロウタドリは言いました。

「あなたは、自分の卵を他の鳥の巣にそっと入れて、あっちこっちに飛びながら、歌ったり、飲んだり、食べたりしているんじゃないですか？　私は自分で子どもたちにご飯をあげたり、お世話をしたり、教えたりします。歌うことで自分がやっている日々の疲れが癒されます」


《結論》自分に向いている仕事を手放して、歌うこと、飲むこと、食べることしかしないという人がたくさんいます。一生懸命に働いている人より、彼らは暇で退屈に耐えられない人だと強く感じています。歌うこと、飲むこと、食べることは主な仕事ではないです。私たちの人生のなかで課題の尻尾みたいな一部だけです。

毎日仕事も休みもあるなかで、休んだ後に仕事に元気よく戻るために、食べたり、飲んだり、歌ったりする人は退屈を吹き飛ばすのは簡単なことです。「いい人は毎日お祭りがあるように楽しく生きている」という諺があります。

«Зозуля і Косик»

仕事は喜びの源です。自分の仕事から喜びを得られない人は不安を感じて、不幸です。天職ほどいいものはないです。天職を行うことで天国への道を探すことができ、各仕事における頭、一筋の光、そして塩のような存在です。天職を仕事にしている人は幸せです。それが真実の生き方です。ソクラテスの「食べたり飲んだりするために生きる人もいますが、私は生きるために食べたり飲んだりする」という言葉の意味がよく理解できます。

アリと豚

豚とアリはどちらがよりお金持ちなのかについて言い争いをしていました。牛は傍観者であり裁判官でした。

「小麦はどれぐらい持っていますか？　ぜひ教えてくださいませ」

豚は誇らしげな笑顔で聞きました。

「私はひと握りのきれいな小麦を持っています」とアリが答えた途端に、豚と牛は一緒に笑い出しました。

豚は言いました。

「そのことについての判断は牛さんにお任せしましょうね。彼は20年以上にわたって偉大なる裁判官の経歴を持っていて、仲間の中でも最も熟練した弁護士で有名だと言っても過言ではありません。また、算数と代数学に詳しいです。彼は我々の問題について簡単に解決することができます。さらに、彼はラテン語の論争に非常に熟練しているようです」

そのような言葉を賢い動物に言われた後、牛はすぐにそろばんを持って、掛け算の計算を行い、次の結論に達しました。

「アリさんはひと握りの小麦を持っていて、それ以上に何も食べないと自分で認めました。対して、豚さんは樽一個の小麦を持っていて、その中には3百握り以上の小麦が入っています。常識で考えれば」

「計算したものが違うようです。メガネをかけて、需要に対する供給をそろばんでもう一度計算

«Мурашка і Свиня»

してみてください」とアリは牛の話の途中で口を挟んで言いました。

この訴訟事件は喧嘩になりましたので、最高裁判所に送られました。

《結論》需要に困らずその人にとって十分であるならば、どんな量でも少なくはないです。結局、充足していることと富は同じです。

サヨナキドリ、ヒバリとツグミ

サヨナキドリやツグミが住んでいる緑豊かな庭園がたくさんある広い大草原での出来事です。あるとき、サヨナキドリのところまでヒバリが飛んできました。

「きれいな声の持ち主さん、こんにちは」とヒバリは言いました。

「サヨナキドリさん、こんにちは」とサヨナキドリは答えました。

「どうして私のことを自分の名前で呼んでいますか?」とヒバリは聞きました。

「あなたこそ、どうして私のことを『きれいな声の持ち主さん』と呼ぶのですか」とサヨナキドリは聞きました。

ヒバリ　理由があってそういうふうに呼んでいましたよ。君の名前は古代ギリシャ語から来ています。「aed」は「歌手」という意味、「ode」は「歌」という意味です。

サヨナキドリ　あなたの名前は古代ローマ語では「alauda」でした。つまり、「栄光」と呼んでいます。「alauda」の意味は「栄える」ということです。

ヒバリ　もしそうなら、今、私はあなたをもっと好きになり、あなたとの友情を築きに来ました。

サヨナキドリ　違う種族のあなたと友情を築くことは可能でしょうか?　そのために生まれる必要があります。私はよく父から習ったこの歌を歌います。「類は友を呼ぶ」です。

ヒバリ　私のお父さんもこの歌を歌います。そのことも含め、我々はとても似ていますね。

«Соловейко, Жайворонок і Дрізд»

サヨナキドリ　いいですよ。もしあなたが庭に住むことにするなら、あなたの親友になりましょう。

ヒバリ　草原に住むことにするなら、私は本当にあなたの親友になります。

サヨナキドリ　そんなことなんて無理ですよ。私にとって草原での生活は死ぬことと同じです。どうやってあそこで暮らしているか想像もできません。

ヒバリ　そんなことなんて無理ですよ。私にとって庭での生活は死ぬことと同じです。どうやってあそこで暮らしているか想像もできません。

近くに座っていたツグミは言いました。

「君たちは友情のために生まれましたが、愛情についてはまだ知識が足りません。自分の好きなものではなく、あなたの友達にとって良いものを探してください。それができれば、あなたたちの3番目の友達になりたいです」

その後はそれぞれの歌を歌い、永遠の友情を祝福しました。

《結論》この3羽の鳥は誠実な友情のシンボルです。友情は買うことや、要求することや、強引に奪うことができません。みんな、生まれつき決まっているものを愛しています。それと同じ、自分に合った食べ物を食べます。神様がくださる全ての食べ物は美味しいですが、皆にとって同じものがよいわけではないです。そして馬と熊、犬と狼を同じ馬車に乗せることは不可能です。それと同じく、古い布を切り取らずに、新しい布を縫い付けることは不可能ですし、腐っている板は新しい板に接着することができません。

異なる生活を持つ2人の間には喧嘩が起ることもあり、しかし良い心と悪い心の間には最も喧嘩が起りやすいものです。サヨナキドリとヒバリは友達になれましたが、トビとコウモリの場合、それは無理です。神様が分けたとすれば、誰が結び付けることができるでしょうか？　昔からの諺があります。「類は友を呼ぶ」。

一つだけ、ヒバリにとって無理なのは庭に住むこと、サヨナキドリにとっては草原に住むことです。あなたを幸せにするけど、友達を苦しめることを、友達に強要する必要はありません。

«Щука і Рак»

ノーザンパイクとカニ

ノーザンパイクがおいしそうなエサに気づき、むさぼるように飲み込んでしまいました。釣り竿が草の中に隠れていて、その針がお腹の中に入ってしまったことを感じました。カニは遠くからそれを見ていて、次の日にノーザンパイクに聞きました。

「ご機嫌斜めのようで……どうしましたか？　いつもの自信はどこですか？」

「そうですね、なんかつまらない気持ちです。気晴らしにクレメンチュク市からドナウ川まで航海しようと考えています。ドニエプル川は何か飽きてしまいました」

「そのつまらなさの原因が分かります。釣り針を飲み込んだからです。速いドナウ川や、ナイル川、メアンダー川に行っても、もしくは金の翼をもっていても役に立ちません」

《結論》カニは真実を述べます。神様なしで海を越えても良いことは起きません。賢い人にとっては全世界が故郷になります。いつでもどこでも心地がよいものです。あちこちに善を求めるのではなくて、自分の心の中に持っています。その善は、自分にとってどんなときでも太陽になり、どこへ行っても宝物になります。

祝辞 ウクライナの文学と文化の理解が深まる貴重な書物

コルスンスキー・セルギー駐日ウクライナ特命全権大使

本書は、レーシャ・ウクライーンカとフルィホーリイ・スコヴォロダの作品を紹介したもので、ウクライナの文学と文化の理解が深まる貴重な書物です。

2021年は、レーシャ・ウクライーンカ生誕200周年です。彼女はウクライナの詩人、劇作家、社会活動家で、ウクライナ文化上で中心的な存在であり、西欧に負けないレベルまでウクライナ文化を上げげたと言われています。

2022年は、ウクライナ出身の優れた思想家フルィホーリイ・スコヴォロダ生誕300周年を迎えます。彼はヒューマニストであり、個人の自由を謳歌した詩人、そして教育者です。

また、この２人のほかにウクライナには国民的詩人タラス・シェフチェンコがいます。「コブザール」や「マリヤ」といった詩が日本で知られています。

本書を通じてウクライナの文学・文化の知識を深め、さらに新しい作品を楽しんでいただけたら、この上ない喜びです。

本書を出版いただいたドニエプル出版の小野元裕社長に心より感謝いたします。また、翻訳者の中澤英彦東京外国語大学名誉教授とインナ・ガジェンコ氏に感謝の意を表します。

【編訳者略歴】

ウクライーンカの詩劇

中澤英彦（なかざわ・ひでひこ）

群馬県出身。専攻スラヴ語学、ロシア語、ウクライナ語。東京外国語大学大学院外国語学研究科修了。東京外国語大学名誉教授。ヨーロッパ・アジア言語文化研究所研究員。
おもな著書『プログレッシブ　ロシア語辞典』（主幹、小学館）、『プログレッシブ単語帳　日本語から引く知っておきたいロシア語』（編者、小学館）、『使える・話せる・ロシア語』（語研）、『一冊目のロシア語』（東洋書店新社）、『ニューエクスプレスプラス＋　ウクライナ語』（白水社）。

スコヴォロダの寓話

インナ・ガジェンコ（Інна Гаженко）

タラス・シェフチェンコ記念キエフ国立大学大学院言語学部卒
麗澤大学大学院言語教育研究科日本語教育学専攻卒

【編集協力】

ヴィオレッタ・ウドヴィク（Віолетта Удовік）

ウクライナ・オデッサ国立大学国際関係学部修士修了。東京大学法学部大学院法学政治学研究科修士修了。オデッサ国立大学大学院博士号（PhD）。2017年から2021年にかけて在日ウクライナ大使館の２等書記官として日本とウクライナとの文化・教育・人道関係を担当。研究者としても活躍し、日本・ウクライナ関係史、日本外交史および文化外交について論文を執筆。
E-mail: violettaudovik@yahoo.co.jp